حكايا

عشرة أساطير

من وحي الطب الصيني

د. جُمان الريحاني

إهداء..

إهداء إلى عشاق الطب الصيني

وإلى عشاق عالم الخيال الساحر

جمان الريحاني

التقشير الياقوتي

إدعاء وخداع

السيدة موناي امرأة عجوز قبيحة الوجه ولكنها كانت ترتدي وجها جميلا بدينا بعض الشيء لأنها كانت في الحقيقة تكره التجاعيد ولا تطيق أن ترى أي خط في وجهها.

كانت تلك السيدة بحاجة إلى بعض أنواع البروتين لكي تحقنه في وجهها لكي تحافظ على شبابها عل الشباب يدوم دوما وليس يوما.

تلك المادة كانت غالية الثمن كثيرا وهذا ما جعلها تفكر في طريقة لكي تتحصل على المال الكثير من أجل ذلك.

كان يهمها أكثر شيء الوجه لأنها تستطيع أن تخبئ أي جزء من جسدها بالثياب بينما لا تستطيع أن تخبئ وجهها والتجاعيد أن ظهرت عليه.

فكرت كثيرا ولكنها لم تجد طريقة فهي لم تكن صغيرة السن ولا فاتنة الجمال لكي توقع أي مليونير لكي يتكفل بعمليات التجميلية ولم تكن تمتلك عقلا ينتج لها عملا فكريا ولم تكن تمتلك قوة عضلية لكي تسخرها من أجل المال.

كسب المال بطرق غير مشروعة

وبعد طول تفكير ومن خلال خبرتها في مجال التجميل كانت تدرك تماما بأنه يوجد في هذا العالم الكثير من النساء اللواتي يشبهنها من حيث الطمع في الشباب الدائم واللواتي يلهثن وراء عمليات التجميل ويدفن أرواحهن في سبيل بعض قطرات البروتين أو غرام من البوتوكس.

وبعد دراستها لهذا الموضوع وجدت بأنه انسب طريقة لكسب الأموال بسهولة.

لقد قررت أن تصبح طبيبة تجميل ولما أنها لا تمتلك أية شهادات قررت أن تجد حيلة وان تحتال.

لقد اشترت شهادات من رجل كانت تعرف بأنه يبيع حتى الأرواح.

لقد اشترت منه شهادة تجميل من تكوين عادي على أساس أنها تكونت لمدة ستة أشهر، وشهادة في الطب الصيني وشهادة في أنواع التقشير.. التقشير الماسي والياقوتي.

وشهادة في بلازما الشعر وبلازما الوجه.

لقد كانت شهادات ليوم واحد ولكنها حتى ذلك اليوم لم تقم بالتكوين خلاله.

بل اشترت الشهادات مباشرة.

كانت تشتري كلما قامت بتجربته على نفسها سابقا وبما أنها تعرف كيف تسير الأمور لم تكن تريد أية

تدريب أو دراسة بل كان لها غرض آخر مختلف
تماما.

لقد فكرت في شكل العيادة التي ستقوم بفتحها
وكانت تحلم بأن تضع كلما تستطيع الحصول عليه من
شهادات على جدار كامل لكي يدب الرعب في زبائنها
ويصدقون بأنها ذات دراسات وعلم وان كل كلامها
ينبع عن دراسة وخبرة وحكمة.

مشروع مخادع

وبعد أن أصبح مشروعها قيد التنفيذ استأجرت شقة وكانت هي المحل الخاص بالعمل وأخذت اكبر غرفة فيها وجعلته مكتبا لها وفي نفس الوقت غرفة للمعاينة ولم تنس بالطبع ذلك الجدار الكاذب الذي عليه كل الكذب الذي اشترته.

وقامت بتعليق لافتة كبيرة على باب الشقة وأيضا لافتة كبيرة وطويلة في الشارع لكي يراها الناس من بعيد

كما أنها لم تكن بكل ذلك الغباء الذي من المفروض انه صفة طبيعية فيها بل كانت تجيد المكر والخداع.

لقد أنشأت صفحة على الفيسبوك وأطلقت اسما جميعا وجذابا على محليها أو عيادتها وأصبحت تقوم بالإعلان عن منتوجات وتخفيضا وهدايا وأيضا على العمليات التجميلية بدون تجميل.

إنه تجميل بدون عمليات.

وكانت تذكر وتشرح بعض التقنيات كما أنها كانت تستعين بصور قوقل، حتى الصور التي لها حقوق ومحمية الحقوق والتي لا يجوز إعادة استعمالها أو نشرها بصفة غير رسمية.

وأغلب الصور كانت طريقة هي تحبها والتي تطلق عليها الطعم والتي هي صور قبل وبعد.

كانت ترى بأن هذه الصور تجذب الجمهور

وهكذا وبمجرد أن افتتحت العيادة أو المركز حتى تهافتت عليها النساء والفتيات اليائسات.

لقد كانت كل امرأة ولها مشكلتها الخاصة والتي كانت تظن ابنها قد وجدت الحل لمشاكلها وأخيرا.

أما بالنسبة لها هي فقد كانت تبيع الأحلام والأوهام

وتتاجر بأحلام الفتيات البائسات المتشبثات بخيط رفيع، بينما كانت هي خيط رفيع هش.

لقد كانت امرأة مزيفة، غير صادقة ولا ترحم

كانت تحاول أن تبيع الأحلام للفتيات والنساء، ولكنها كلما وصفت دواء لم يكن يأتي بنتيجة

إلا أنها رغم ذلك كانت تندمج مع كل تلك التقنيات، وتجربها جميعها، فكانت تقول في نفسها:

سوف أجرب كل تلك التقنيات العلاجية واحدة بعد الأخرى حتى أتوصل إلى التي لا يكشف فشلها سريعا وأيضا التي تجلب لي زائنا ومالا كثيرا.

فشل وخسارة

وبعد مدة سنة كاملة من الفشل في تلك المهنة وقد تشوهت ولم تعد تمتلك مالا لكي تشتري ذلك البروتين الذي تحقنه في وجهها.

وخلا ل تلك المدة قد اعتبرها الكثير من الناس بأنها مجرد كاذبة لأن علاجاتها لم تكن ذات فائدة.

أخذت قرضا من البنك وسافرت لكي تجري عملية تجميل ولكي تتخلص من التجاعيد ولكن العملية كانت سيئة جدا والنتائج كانت رهيبة.

وبعد أن خرجت من المستشفى وهي مضمدة الوجه لأنها لم تكن تريد أن يرى أحد وجهها على ما هو عليه فطنت بفندق حقير في مكان فقير وعاقرت الشراب ليالي لكي تنسى ولكنها لم تنسى.

في تلك الفترة طلب منها رجل ثري أن تقيم معه علاقة مقابل مبلغ من المال وقد كان يعتقد بأنها بائعة هوى لأنه راقبها لعدة ليالي في البار الذي كان متعودا على السكر فيه.

رفضت ثم فكرت لولهة واستغربت أن يطلب منها علاقة وهي لا تمتلك جسدا بحالة جيدة رغم أنها كانت بدينة إلا أنها في نظر نفسها لم تكن صاحبة جسد مثالي.

وكيف يرغب فيها وهي بوجه مضمد بالكامل لقد كان الأمر عجيبا.

ولكن إنه السكر وغيبان العقل ولم تبق إلا الغريزة التي
تؤدي وظيفتها.

قررت أن توافق لأنها لم تعلم بأن الرجال لازالوا
يرغبون في جسدها.

فتحصلت على مال جيد وهكذا قضت أكثر من شهر
وهي تعمل في ذلك الفندق الحقير حتى أصبح لديها
مبلغ من المال الوفير.

فضول عاهرة

جاءت إليها إحدى العاهرات والتي لاحظت بأن موناي قد أصبحت منافسة لهن في ذلك المكان، وسألتها:

لما تضعين تلك الضمادة؟

موناي:

وما دخلك؟

لما تسألين؟

العاهرة:

لا أنت فظة هكذا؟

سألتك لأنني أردت المساعدة

موناي:

المساعدة

ماذا تقصدين؟

العاهرة:

اسمعي في نهاية الشارع عجوز تعالج بالأعشاب
وان كنت تعانين من شيء ربما هي تستطيع مساعدتك.

أرى انه لا يجوز أن تهدي الموهبة التي لديك
فالزبائن يقفون بالطابور على بابك لما لا تجملين
وجهك لعل عملك يزدهر أكثر.

موناي:

هل تتكلمين بجدية؟

العاهرة:

أجل كما أنها لا تطلب الكثير

اشتري أنت الأعشاب إن أردت وادفعي لها أتعابها

كما انه يمكنك أن تشتري من عندها إحدى الخلطات السحرية لكي تبعدي عنك الحسد والغيرة وأيضا يمكنك أن تبعدي الشيخوخة لأنني أرى بأنك لست صغيرة رغم انك مطلوبة لدى الزبائن.

موناي:

حسنا حسنا

شكرا لك على النصيحة والآن انشغلي بنفسك

العاهرة:

لما أنت لئيمة هكذا؟

موناي:

قلت لك انصرفي

العاهرة:

أتمنى أن تحترقي في نار جهنم

موناي:

ولك نفس الأمنيات مني

العاهرة:

عاهرة .. أنت عاهرة

لم ترد موناي عليها لأنها اعتبرت بأن نعتها بصفة
هي حقا فيها لن تجعلها تشعر بالسوء كما أن صفة

عاهرة لم تكن بمثابة مسبة في تلك المنطقة بل كانت فخرا للفتيات بائعات الهوى، كأنها وسام أو ترقية.

الحل البديل

بعد ذلك أسرعت موناي إلى تلك العجوز بعد أن حملت معها بعض المال.

لقد تفاجأت بكم الناس الذين كانوا ينتظرون أدوارهم لمقابلة العجوز التي اتضح بأنها ماهرة جدا في عملها.

وفي الأخير لم تتمكن موناي من الدخول عندها لذا قررت أن تذهب إليه في الغد باكرا لكي تتحصل على دور ومن حسن حضها أنها كانت تقطن في ذلك الفندق الذي لا يبعد إلى بنايتين عن بيت العجوز.

في الصباح الباكر جاءت موناي إلى بيت العجوز لتجد بأنها ليست الوحيدة فانتظرت دورها كالعادة.

ومع الساعة الحادية عشر صباحا استطاعت أن تدخل عند العجوز.

وبعد أن كشفت لها عن وجهها أخبرتها العجوز بأن وجهها في حالة دمار.

وأخبرتها بأن العلاج بالأعشاب سوف يعالج بعض الدمار ولكن الزجاج المكسر وبعد إلصاقه سوف تزهر به الشروخ.

لقد توسلت موناي للعجوز لكي تجد لها حلا.

فأخبرتها العجوز بأن هناك حل ولكنه سوف يكلفها الكثير والكثير.

كانت موناي مستعدة لدفع كلما تملك حتى روحها وجسدها في سبيل الجمال والشباب.

وبعد أن شرحت لها العجوز الأمر قررت موناي
أن تعمل في الفندق لمدة شهر بالكامل وان تجمع المبلغ
الذي طلبته العجوز.

رحلة العلاج

بعد أن تحصلت على ذلك المال عادت إليها لكي
تبدأ رحلة العلاج.

أخبرتها العجوز بأنه سوف تكتسب وجها جميلا
ولكنه فقط على سبيل الإعارة ويجب عليها أن تكمل
رحلة العلاج لوحدها وذلك لأن موناي كانت قد

أخبرتها بأنها مستعدة لعمل أي شي في سبيل تحقيق هدفها.

بعد مدة شهر وموناي ترقد في بيت العجوز قامت من فراش المرض سيدة أخرى.

قامت كسيدة جميلة بوجه رائع

وجه شبابي

ولكن الشباب لا يدوم

لذا فمنذ الدقيقة الأولى لقيامها من ذلك الفراش بدا العد التنازلي لخسارة وجهها المشرق والشاب.

كان عليها أن تتصرف سريعا

شرحت لها العجوز كيف لها أن تتحصل على وجه في كل مرة.

عادت موناي إلى بلدتها والى شقتها وعيادتها وقد عادت بطاقة جديدة وقوة وإقبال على الحياة والعمل.

اتفقت مع رجل لكي يعمل لديها كممرض أو بالأحرى كسكرتير لكي ينظم العمل ويسجل الزبونات ويدخلهم عليها.

لقد كان الرجل محتاجا للعمل من أجل لقمة العيش ولم يكن لديه حتى مكان للعش لذا تكرمت عليه بالعيش في شقتها مقابل التنظيف كل يوم.

وهكذا انطلقت في عالم الشهرة والمال ولكن لم يكن ذلك هو الغرض من عملها.

لقد تفوقت في عملها عدة مرات وهذا ما أعاد ثقة الناس فيها، ولكن الدعاية التي كانت تقوم بها لنفسها وكل تلك الإعلانات والترويج لنفسها ولعملها كان اكبر بكثير من تفوقها.

لقد كانت لديها خطة محكمة وقد كانت تعمل عليها ولم تكن لتنسى أن الوقت يمر والعد التنازلي ليس في صالحها.

زبائن وزبائن

وبعد أن وضعت قائمة بالنساء اللاتي يأتينها وقد أحضرت بعض البخور من عند العجوز لكي يتهافت عليها الزبائن.

وقد نجحت خطتها وبعد أن وضعت عينها على وجوه بعض الفتيات والنساء أعلنت عن تخفيض لإحدى التقنيات التجميلية وهو التقشير الياقوتي.

لقد قررت أن تقدم تقشيرا كل شهر مجاني بعد عدة أمور خدمات تشتريها منها إحدى الزبونات وأيضا

في حالة ما إذا اضطرت فهي سوف تتجاوز فكرة أن تكون الزبونة قد اشترت منها بعض الخدمات.

لم تكن فعلا سوف تجري ذلك النوع من التقشير بل كانت تغري أي به فقط.

لقد كانت تدعي بأنها سوف تستعمل موادا مستوردة من الصين.

كما أخبرت بأن التقشير له تأثير كبير وسوف تصبح من تجريه جميلة جدا وتتمتع بوجه نظيف ونقي وخال من الحبوب وأثارها وخال من حروق الشمس.

ولكن هناك أثار جانبية ولكنها ليست بالخطيرة

أولا

عليها أن تتحمل الألم الذي سوف تشعر به أثناء الجلوس وهو ألم حاد جدا.

وثانيا

يجب أن تتأقلم مع وجهها الجديد الذي لا يزال الماسك أو القناع عليه لمدة شهرين حيث سوف يبدأ وجهها بالتقشير وكان طبقة من الجلد تقشر عنه حتى تظهر الطبقة الجديدة.

وأيضا بعد ذلك يجب أن تبتعد التي أجرت التقشير عن أشعة الشمس وبعض الأمور التي قد تؤثر على بشرها فتخسر وجهها إلى الأبد لأن الوجه سوف يكون في حالة حساسة ولا يجب أن تهمه.

سلخ الوجوه

وهكذا بدأت تطبيق تلك الفكرة حيث بدأت مع أول فتاة وقامت بسلخ وجهها لكي تجعل منه مرهما تضعه هي على وجهها فيعطيها نظارة وجمالا وشبابا لا يدوم إلا لفترة شهر ولكن الأمر كان مجديا ونافعا.

لقد لاحظت موناي بأن وجهها جميل ورائع بعد أول مرة تجرب تلك الخلطة السحرية.

فقد كانت تخطف الجمال والشباب من أولئك الفتيات والنساء لكي تعيش هي بسعادة لمدة شهر واحد.

لقد كانت تقدر جلسة التقشير الياقوتي مجانا لأجل نفسها وقد كانت تعاني النساء من ذلك الأم حاد وكأن مئات السكاكين تخترق وجوههن وتطعن بشرتهن وتمزقها.

ولكن موناي كانت تدعي بأن ذلك أثار جانبية للعلاج الرائع والذي كان غال الثمن كثيرا.

أما بالنسبة للفتيات والنساء الزبائن أو الضحايا فقد كن يعانين كثيرا ويهرشن وجوههن ومنهن من تمزق وجهها من شدة الهرش وهنا تكون المسؤولية قد حملت عن موناي لأنها هي من فعلت ذلك بنفسها.

ومنهن من تتحمل وتصبر حتى يظهر الوجه الجديد فتستمتع بالنظارة لمدة يومين ولا تتجاوز المدة أسبوعا ثم ينتكس العمل ويصبح وجها أسوا من قبل بل يصبح سيء حقا وهنا هي أيضا من تتحمل المسؤولية

لأنها لم تعتني به جيدا ولم تحافظ على النتيجة التي من المفروض أنها نتيجة التقشير الياقوتي.

لقد تشوهت الكثيرات من النساء بينما كانت موناي تستمتع بوجوههن التي قامت بسلخها وجعلها خلطة سحرية لجمال وجهها هي .

وحش

الطب الصيني

طبيبة متخصصة

في إحدى المدن التي تعج بالسكان فتحت عيادة للطب الصيني، يبدو أن العيادة هي عيادة متخصصة وقد كان المعالج فيها هو طبيب، طبيبة متحصلة على شهادات دولية من بكين الصين ومن المعهد البريطاني المتخصص.

لم يكن يعمل بالعيادة أناس كثيرون بل كان موظف الاستقبال هو زوج تلك السيدة القادمة من الصين.

كان زوجها يعمل موظفا للاستقبال ومساعدا لها في نفس الوقت، لم تكن العيادة قد اكتسبت سمعة كبيرة بعد ولكن لم يخلو الأمر من بعض المرضى الذين ترددوا على المكان سواء لطلب الاستشارة أو لطلب العلاج.

في اغلب الأحيان لم تكن العيادة تعج بالمكان بل كان يفضل دائما أن يتم إعطاء المواعيد للمرضى في مواقيت متباعدة لكي يتم الاهتمام لكل مريض على حدى ولكي يأخذ المريض راحته والطبيبة تتمكن من التركيز التام على ذلك المريض بدون إزعاج من الآخرين.

الطبيبة كانت سيدة أربعينية جميلة تحافظ على شبابها ونظارة بشرتها الواضح من بعيد.

سيدة هادئة إلى أقصى الحدود رزينة تتكلم بمقدام معين وتنتقي ألفاظها ولا تؤذي مشاعر المرضى.

سيدة مليئة بالايجابية وترمن بأنه لكل عطب طريقة للتصليح، ولكل عيب ما يجعله يختفي إلى الأبد.

سيدة لها لمسات سحرية وتعرف أين تضع العلاج ومتى وكيف، مرتبة المظهر حلوة اللسان.

غرفة المعاينة غرفة طبية رومانسية فمنذ دخولك من الباب سوف تعلم بأك في عيادة طبيب ولكن الإضاءة والموسيقى التي تجعل الأعصاب في حالة هدوء تدعوك إلى الاسترخاء والتفكير بايجابية.

الموسيقى كلاسيكية هادئة رومانسية، والإضاءة تتنوع من الإضاءة الهادئة إلى تلك الأضواء المعلقة على الحائط، فالأضواء المعلقة على الحائط وراء مكتب الطبية جميلة متنوعة بين اخضر وازرق ونغمة تغييرها لا تجعل الأعصاب تشد بل هي نغمة هادئة.

أما الحائط الذي بجانب سرير الكشف فكأن الإضاءة البيضاء المعلقة على الحائط شلال من الأنوار.

لقد اختارت كل شيء بعناية، حتى المساحة الواسعة من أجل الراحة النفسية وهدوء الأعصاب، ولون الجدران وما إلى ذلك.

لم تكن غبية بل كانت ذكية وفعلت كلما فعلت بعد تخطيط ودراسة لكل شيء.

لقد درست المحيط والموضوع بكل جدية وتركيز

وقامت بتوفير كلما يجعل الآخر يقتنع ويرى بقناعة كاملة بأن الوضع صحيح.

المشكلة العويصة

كان لتلك السيدة وزوجها طفلة واحدة ولكنها لم تكن طفلة عادية

أمام الناس يمكن أن تظهر الطفلة على أنها طفلة عادية، تشبه كل الأطفال ومن حيث الشكل والتفكير وكل شيء

ولكن في الحقيقة كان غير ذلك

لقد كانت الطفلة معجزة بالنسبة لوالديها ولكنها لم تكن كذلك

لقد قدمت السيدة موني الكثير من أجل أن تحصل على
طفلة

لقد كان الزوجان يعانيان من عدم الإنجاب

وقد عالجا في الكثير من العيادات ولكن بلا فائدة

كما أن العيب كان في الاثنين فكلاهما كان يعاني من
صعوبات وعيوب تمنعه من الإنجاب بشكل نهائي ولا
يوجد لكليهما حل أو أمل بأن ينجبا.

وبعد كثير من التفكير وتوصل الزوجان إلى انه يجب
أن يجدا حلا نهائيا لتلك المشكلة العويصة

توصلت موني التي كانت لها عمة مشعوذة تساعدها
على تحقيق أحلامها إلى أن الحل عند عمتها.

الحل المعجزة

بعد أن لجأت موني إلى عمتها وأخبرتها بكل الحكاية
والقصة وما تريد هي ووجها الذي يحبها ولا يرفض
لها طلبا قررت العمة أن تمدهما بالمساعدة.

قال لها العمة:

سوف أخبرك الحل الذي أنا أفكر فيه

موني:

أخبريني عنه رجاء

العمة:

يبدو أنك مستعجلة!

موني:

أجل مستعجلة يا عمتي وزوجي أيضا

العمة:

ولكن ألا تعلمين بأن العجلة غير جيدة

موني:

عمتي أنت تعلمين بأنني قد صبرنا لسنوات طويلة
واليوم لم نعد نطيق صبرا

نريد أن نتخلص من هذه المشكلة التي تعيبنا أمام الناس فنحن لسنا زوجين ناجحين لأننا لم ننجب رغم أننا نحب بعضنا

العمة:

آه، أجل.. أجل كلامك صحيح ومعك حق ولكن...

موني:

رجاء يا عمتي لا تقولي لكن لأننا نريد طفلا بأي ثمن

العمة:

بأي ثمن!؟

موني:

أجل بأي ثمن

العمة:

هل أنت متأكدة؟

موني:

أجل متأكدة يا عمتي فأنت لا تعلمين الإحساس الذي يراودني كما رأيت امرأة مع طفلها

نظرات النساء لي تحرقني

أكاد أشعر بأنهن يسخرن مني، فهن يرمقنني بنظرات جارحة لأنني لم أنجب

العمة:

أفهمك يا عزيزتي

موني:

إذا كان الأمر كذلك أنا أرجوك يا عمتي أن تمدي لي يد العون

العمة:

اسمعيني يا موني جيدا

أنا لدي فكرة ولكن لا اعرف أنا كانت ستنال إعجابك يا بنيتي

موني:

كل الأفكار ستنال إعجابي بكل تأكيد وأي فكرة ستورقني على الأكيد

العمة:

ربما تنال إعجابك ولكن لا اعرف أن كنت ستقدرين على شروطها

موني:

أنا مستعدة لأي شيء يا عمتي سوف أقدم أي شيء

العمة:

هكذا أنت قد فزت باختبار الثقة

موني:

اختبار الثقة!!

العمة:

أجل وأنت جاهزة لكي تتحصلي على كل ما تريدين

موني:

أحقا؟

كما تقولين يا عمتي المهم عندي هو أن أتحصل على طفل ولا تهمني كل الأمور الأخرى

العمة:

وماذا تفضلين طفلا أو طفلة؟

فكرت موني قليلا ثم قالت:

طفلة، أعتقد انه من الفضل أن تكون طفلة

العمة:

جيد أحسنت الاختيار رغم أن الأمر بالنسبة لي واحد لأنك سوف تقدمين نفس الشيء بالنسبة للأمرين

أي نفس التضحية للطفل هي للتحصل على الطفلة

موني:

أنا مستعدة يا عمتي

العمة:

كونك جاهزة هذا أمر جيد يا عزيزتي

موني:

حسنا، ما المطلوب يا عمتي؟

العمة:

لا أطلب منك الكثير

بل مبدئيا مبلغ من المال ويجب أن تصبري لعدة أيام

موني:

لما الصبر يا عمتي؟

العمة:

اعتقد بأنك لن تستطيعي إحضار ما يلزم للعمل لذا سوف أتكفل أنا بكل التفاصيل والأمور سوف تستغرق بعض الوقت

موني:

ما الذي تنوين فعله بالضبط يا عمتي؟

العمة:

المال الذي ستحضرينه هو من أجل شراء جثة طفلة

موني:

جثة طفلة؟!!

العمة:

أجل جثة طفلة ومن أين سأحصل لك على طفلة؟

أنت تريدين طفلا لك وللأبد وبدون مشاكل أو ملاحقة من أحد

والجثث لا تعترض ولا تلاحقها الشرطة واختفاؤها ليس بالأمر بالغ الأهمية

موني:

وماذا افعل بجثة؟ أنا أريد طفلة.. حية على قيد الحياة

العمة:

سوف نكتفي بجثة ومسألة الحياة ليست مشكلة بالنسبة لي

موني:

ماذا تقصدين؟

العمة:

سوف أعيد إحيائها وهذه مهمتي وما عليك أنت إلا أن تحافظي لها على حياتها

موني:

لا عرف يا عمتي

العمة:

ما الذي لا تعرفينه؟

موني:

كنت أريد طفلة عادية

طفلة تشبه كل الأطفال

العمة:

ولكنها لن تكون مختلفة

موني:

لن تكون كذلك؟

العمة:

أجل.. إلا من جانب واحد وسوف تعرفين كل التفاصيل فيما بعد

موني:

أنا مترددة

العمة:

تعالي بعد ثلاثة أيام لتري ابنتك ولن لم تعجبك يمكن أن ترفضي الأمر

ولكن يجب أن تفكري في الأمر جيدا لأن هذه الطفلة سوف تكون لك إلى الأبد ولن يتدخل فيها أحد

موني:

حسنا

العمة:

بما انك موافقة أرسلي مبلغ المال الذي أخبرته عنه اليوم لكي نحافظ على موعدنا بعد ثلاثة أيام وإذا تأخرت نؤجله

موني:

لا.. لن أتأخر، المال ليس مشكلة بالنسبة لي

العمة:

حسنا اتفقنا إذن

موني:

اتفقنا

الابنة الوحش

بعد أن أرسلت موني المال لعمتها وبعد مرور الأيام الثلاثة جاءت موني إلى بيت عمتها لكي ترى الطفلة، وليس الجثة

بعد أن دخلت موني إلى بيت عمتها وقد سمعت ضحكات طفلة تبدو شقية من ضحكتها ولكنها لم تكن

لتعتقد بان تلك الطفلة التي تضحك قد تكون نفسها كفلتها التي جاءت لرؤيتها.

استقبلتها عمتها بابتسامة عريضة وقالت لها:

حبيبتي يبدو أنك قد أتيت في الوقت المناسب

موني:

مرحبا عمتي، هل وصلت؟

العمة:

طبعا وصلت ألم تسمعي صوتها؟، إنه يملأ المكان

موني:

سمعت ضحكا، هل كان ذلك صوتها؟

العمة:

أجل انها هي التي تضحك، انها كفلة سعيدة ويجب أن تحافي على سعادتها

موني:

أريد أن أراها يا عمتي

العمة:

لا تقلقي سوف تحضرها الخادمة بعد قليل ولكن يجب
أن تعديني بأنك سوف تعتنين بها وتؤمني لها غذائها

موني:

أنت تعلمين بأنني لست بخيلة يا عمتي

العمة:

أنا لا اقصد ما فهمته ولكن يجب أن تؤمني لها طعامها
للطفلة طعام خاص

موني:

طعام خاص، تقصدين مثل طعام كل الأطفال

العمة:

لا الأمير ليس كذلك

الآن سوف ترين الطفلة وبعدها قرري أن كنت تقدرين على تحمل مسؤوليتها أو سأجد لها أما تؤمن لها ما تحتاجه

موني:

حسنا

بعد أن أحضرت الخادمة الطفلة ذهلت موني بما رأته

لقد كانت طفلة ابنة الثلاث سنوات بارعة الجمال

وكأنها دمية بخدود وردية وشفاه حمراء وعيون كبيرة

زرقاء وشعر أشقر مجعد، لم تكن تشبه الجثث في

شيء ولا الأموات

لم تستطع موني أن تصدق بأنها ليست طفلة حقيقية أو

أن كلام عمتها السابق كان حقيقيا

لقد فكرت في نفسها بأنه ربما خدعتها عمتها بموضوع الجثة لكي تتحصل على بعض المال ولكن لم يكن من خصال العمة أنها مخادعة إلا أنها كانت مشعوذة متمكنة في مجالها وتستطيع فعل الأمور الغريبة والعجيبة وحتى الأمور المستحيلة.

بعد ان حضنت موني الطفلة ولاعبتها قليلا قالت لعمتها:

أنا موافقة على كل شروطك يا عمتي

العمة:

إذن الطفلة لك

ثم التفتت العمة إلى الطفلة وقالت لها:

هيا يا هوبي قلبي والدتك، هذه هي والدتك ثم رافقي الخادمة لكي تحضري ألعابك أنت سوف ترافقين والدتك إلى البيت

قبلتها موني وقالت لعمتها:

اسمها هوبي

العمة:

أجل ابنتك اسمها هوبي، أليس اسما جميلا؟

موني:

أجل جميل

العمة:

ولكن لا يمكنك أن تغيريه لها

موني:

حسنا لن أغيره ولكن لما الإصرار على الأمر وكأنه
ممنوع فعل ذلك

العمة:

أجل ابنتك اسمها هوبي وسوف يبقى هذا اسمها إلى الأبد

موني:

حسنا لا يهم وهوبي اسم جميل

العمة:

والآن هل أنت قادرة فعلا على الشروط

موني:

أجل قادرة، ولكن هل لي أن اعرف ما هي؟

العمة:

إنه شرط واحد هو الأهم والذي يجب أن يكون سرا ولا يعرفه أحد

موني:

حتى زوجي؟

العمة:

لا اقصد زوجك بل اقصد أي احد غيره

موني:

وما هو؟

العمة:

للأمر علاقة بغذاء هوبي

موني:

كيف ذلك؟

العمة:

أنت تعلمين أنني قد أعدت إحياءها وفعل ذلك يتطلب أمورا وتضحيات وهوبي يجب أن تتغذى على شيء حي لكي تحيا

موني:

حي؟ مثل ماذا هل تقصدين الحيوانات الحية مثل السماك وما نسمع عنه في المطبخ الصيني

العمة:

تقريبا ولكن ليس كذلك

موني:

اشرحي لي رجاء

العمة:

الطفلة ينقصها شيء وهذا سوف توفرينه لها أنت

اسمعي أنت تعالجين بشمع الهوبي وأنا قد ضحيت
بأمر من وحي عملك لذا يجب عليك أن تجعلي من
شمع الهوبي غذاء لابنتك

موني:

كيف يا عمتي؟

العمة:

روجي لشمع الهوبي أكثر واجذبي زبائن إلى عيادتك
أكثر

وحين تصبحين على استعداد لعلاج احدهم دعي ابنتك
تضع فمها على إذن الشخص من دون علمه وبدون أن
يراها وفي تلك الحالة هي تعرف ما عليها فعله

موني:

ما الذي ستفعله هوبي؟

العمة:

سوف تقوم بعملها بدلا من شمع الهوبي

موني:

ماذا بالضبط؟

العمة:

لا تقلقي هي لن تضر زبائنك، ليس بالضبط

هي سوف تأخذ ما ينقصها ولن تبالغ طالما هي لا تعاني من الجوع فيجب أن تحصلي لها على زبون واحد على الأقل في الأسبوع

موني:

لتفعل ماذا؟ رجاء أخبريني يا عمتي

العمة:

في الحقيقي هي تستخلص قطعة من مخ الزبون لكي تعيش عليها

موني:

يا للهول يا عمتي

العمة:

الزبون لن يشعر بشيء بينما هي أي ابنتك سوف تكتسب القدرة على الحياة

موني:

ولكن كيف لن يحدث شيء للزبون؟

العمة:

سوف يعاني من بعض الغباء وبعض فقدان الذاكرة وربما تأخر في بعض الوظائف ولكنه لن يموت

المهم هو أن تكتب هوبي قدرتها على الحياة وتلك هي مهمتك يا بنتي

يجب أن تقدمي التضحية من أجل حياة وبي ابنتك

وبينما موني تشعر ببعض الخوف والتردد حتى تنزل هوبي مع الخادمة من الطابق العلوي وتسرع باتجاه موني وتقول لها

أمي أمي لقد أتيت

وتمسك يدها وتضيف قائلة:

هيا إلى البيت يا أمي

أمسكت موني بيد الطفلة الصغيرة وتخضع لذلك الجمال الصغيرة وتشعر بان حياة تلك الطفلة أصبحت مسؤوليتها ثم تنظر إلى عمتها وقالت لها:

عمتي أشكرك على المساعدة بفضلك اليوم أصبح لي طفلة

أنا ممتنة لك يا عمتي ولن انس معروفك هذا أبدا

أحبك يا عمتي

العمة:

وأنا أحبكما أنت وهوبي الصغيرة

هوبي إنها مثل ابنتي فأنا من أعطيتها الحياة حافظي عليها وعلى حياتها وسعادتها

الحلوى الصيني

سر الحلوى

اخترع الزوجان يوناغ وين

حلوى جميلة اللون والشكل ولكن مذاقها كان مرا فأضافوا لها عشبة لكي تجعلها حلوة المذاق.

لقد كان الزوجان مخادعان ولكي يحصلوا على المال بسهولة وبدون أن يضعوا أية ميزانية أو مواد آوية توصلوا إلى خطة من أجل البيع السريع.

لقد زرعوا في حديقة منزلهم عشبة التي تساعد على تحلية الطعام لكي يجنوا من الأرض بدون أن يدفعوا مالا من أجل السكر.

أما بالنسبة للمادة الأولية للحلوى فقد كانت كاسات الهواء التي يرميها صاحب المحل الذي يقع في الشارع الخلفي.

لقد كانوا يقومون بتجميع الكاسات التي ينزع بها الدم من أجساد الزبائن لكي يقوموا بتحصيل كل ذلك الدم ويصنعوا به الحلوى.

وقد كان الزوج ذكيا بعض الشيء فكان يقوم بإضافة مادة طبية يسرقها من الصيدليات لكي لا يصاب من يأكل تلك الحلوى المخادعة وقد كانوا يكسبون الكثير من تلك الحلوى اللماعة والمغطات ببعض فتافيت السكر.

فجمعوا ما لا جيدا مكنهم من توسيع المحل وتأثيث البيت وقد كانا يعيشان لوحدهما ولا يريدان إنجاب الأطفال لأنهما في الحقيقة كانا يريان بأن الأطفال تأكل حياة الآباء.

كما أنهما ما كان ليطعما فما جديدا في العائلة لأنهما يتشابهان في تلك الخصلة والتي هي البخل.

مصيبة موت الحجام

وبعد مرور ثلاثون عاما وهما يبيعان الحلوى التي كانت تسبب بعض الأمراض للأشخاص ولكن آثارها لا تظهر سريعا فكان بعض الأشخاص يصابون بأمراض مزمنة ومنهم من يموتون ولم يلق اللوم يوما على الحلوى ولا على الزوجان ين ويونج.

وبعد ثلاثين عاما مات صاحب محل الحجامة فلم يجدا المادة الأولية ولم يستطيعا صنع الحلوى ولم تكن لديهما الشجاعة لكي يغيرا المنزل ويسكنا بالقرب من محل أخر للحجامة لأنهما كان يتشاركان مع المحل

القديم في الفناء الخلفي حيث كان يضع النفايات الخاصة بمحله من كاسات ولم يكن يقم بتنظيفها.

لقد عجزا عن العمل وقد أصبحا كبيرين في السن وهذا ما جعلهما يفلسان خاصة وقد افتتح شخص بالقرب من المشفى القريب منهم محلا للعصير البارد والذي كان له طعم غريب وأصبحت كل الزبائن تتهافت عليه ولم يلتفتوا إلى محلى الحلوى الصيني المغلق وراءهم.

فمات الزوجان وهما مفلسان وأيضا ماتا جوعا ولم يكتشف أحد جثتهما إلا بعد مرور سنة بالكامل لأن الجميع اعتقد بأنهم ربما مسافران ولم يعودا بعد.

لقد ماتا حسرة على محلهما وغيرة من محل العصير الجديد الذي كانوا يشكون في أمره وهو لا يكاد يخرج من بيته لكي يشتري المواد الأولية للعصير الذي يبيعه.

لقد كانا يراقبانه من النافذة حتى ماتا غيرة وحسدا،
وكانت تلك هي نهايتهما الأليمة.

كاسات الهواء

محل الحجامة

وسر خلطة العلاج

الدماء الفاسدة

كانت السيدة نونا هي وزوجها حليم يديران مركزا للعلاج والتشافي بالطب البديل.

الطيب الصيني وكانت تدعي بأنها لديها شهادة من الصين وأنها درست هناك ولكن الأمر لم يكن صحيحا لقد كانت مجرد ساحرة.

لقد ألقت تعويذة على ابنتها ابنة الخمس سنوات لكي تجمع الأموال وهذه الطريقة لم تكن لا قانونية ولا صحية

لقد كانت لديها طفلة تتغذى على الدم الفاسد الدم الذي يخرج أثناء عملية الحجامة.

لقد كان جشع نونا وطمعها هي وزوجها الذي جعلهما يلقيان تعويذة على الطفلة الصغيرة التي كانت مريضة بمرض خطير.

كان مرض الطفلة مرض في الدم ويجب أن يتم تغيير كل دمها كل فترة وهذا الأمر الذي أرهق نونا وزوجها لذا لجأ إلى مشعوذة ألقت عليها هذه التعويذة فأصبحت هي تغير دمها باستعمال الناس ولكن كيف.

قامت نوما وزوجها باستئجار محل في مدينة غريبة عن مدينتهم وأعلنت بأنها صاحبة مركز علاج.

وبعد الحملة الإعلانية الكبيرة التي قامت بها والتخفيضات الوهمية التي كانت تقدمها أصبح لديها زبائن.

حقيقة الأمر

لقد كانت كلمها يدخل لديها زبون تطلب منه الاسترخاء التام وان ينزع ملابسه وان يجلس على الكرسي الخاص بالحجامة وأحيانا أن ينام على السرير ولكنها كانت تفضل كرسي الحجامة.

وقد كان زوجها يهيء الأجواء وأيضا يضع بعض البخور الذي يجعل الشخص يفقد الوعي تقريبا.

وهي تشغل تلك الموسيقى الصينية التي مزجتها بنغمة تفقد الشخص الوعي بعض الشيء.

لقد درست ذلك المجال بعض الشيء وقد زودتها
المشعوذة ببعض الحيل من أجل أن لا يكشف أمرهم

وبعد ذلك تقوم ابنتهم بغرز أنيابها في ظهر
الزبون وتمتص الدماء منه حتى تشعر باكتفاء.

وبعد ذلك يخفون ابنتهم ويقومون بإيقاظ الزبون
ويخبرونه بأنه قد أغمي عليه وهم يبتسمون ويقولون له

لا داعي للقلق إن هذه الحالة تحدث كثيرا وليست
بالأمر الخطير.

الإبر الصينية

طقوس يانغ يان

كان الشيخ يانغ يان رجلا حكيما ويمتلك محلا للعلاج باستعمال الإبر الصينية وقد كان ذكيا جدا وأيضا كان لديه الحكمة والفطنة.

كما أن الشيء الذي يميزه هو انه كان رجل معمر لقد اقترب من المئتا سنة وقد كان أولاده وأحفاده وأصدقائه وجيرانه ومازال هو يحافظ على حياته

وأيضا ليس فقط هذا لقد كان بأتم صحته ويحافظ على طاقته جيدا.

لكن لم يكن عاديا ولا متداولا ولا يوجد في أماكن أخرى بل كان هو حالة شاذة وقد كان مثيرا للعجب ولكن الجميع اعتبره حالة نادرة وتوقفوا عن التعجب والجدل في شأنه.

كما أنه كان ومن المعروف عنه أنه يعبد العناصر الخمسة الموجودة في الطبيعة الماء النار التراب الخشب والمعدن.

وقد كانت له طقوس في الحياة

كان طعامه نباتي ولا يأكل كما ما كانت فيه حياة

وأيضا كان يلبس في كل يوم لون من الألوان

الاثنين اللون برتقالي

الثلاثاء اللون الأصفر

الأربعاء اللون الأخضر

الخميس اللون الأزرق

الجمعة اللون الليلكي

السبت اللون الأبيض

الأحد اللون الأحمر

وقد كان أيضا يعتمد الألوان في طعامه فيأكل كلما الخضر والفواكه بألوان مختلفة

كما أنه كان يميل إلى أكل الخضر بدون طهو وأحيانا يطهوها قليلا فقط.

وأيضا لم تكن المعلبات تعرف طريقها إلى بيته ومطبخه لقد كانت لديه حديقة وأشجار بقرب بيته الذي كان في أعلى الجبل يعتمد عليهم في الغذاء وأيضا في العلاج.

كما أنه كان يشرب فقط من مياه النبع وفي آنية فخارية وآخر شيء في نظام حياته ونظامه الغذائي لقد

كان يصوم كثيرا من أجل اكتساب الصحة وتنظيف الجسد وتخليصه من السموم.

كان أيضا كثير التأمل خصوصا فجرا وليلا

وكان يعتمد على التنفس العميق فجرا ويعيش بتلك الأنفاس خلال النهار.

لقد كان له أسلوب حياة خاص

السيد يانغ يان والإبر الصينية

كما أن السيد **يانغ يان** كان رجلا ذا نفع فقد كان يعالج كل الأمراض باعتماده على الطب الصيني، فقط باستعمال الإبر الصينينة.

لقد كان يعالج الأمراض ويقوي طاقة الأشخاص

كان يعتمد في علاج الأشخاص على المسارات مسارات الطاقة الموجودة في جسم الإنسان.

وهي ستة مسارات تقابلها ست مسارات وهناك مساران إضافيان.

مسار الرئة يقابله مسار القولون

مسار المسخن الثلاثي يقابله مسار غشاء القلب

مسار القلب يقابله مسار الأمعاء الدقيقة

مسار المرارة يقابله مسار الكبد

مسار المثانة يقابله مسار الكلى

مسار الطحال يقابله مسار المعدة

والمساران الأخيران هما مسار الرن ومسار الديو

ويمكن إتباع هذه المسارات انطلاقا من أصابع اليد
ولكن يجب الانتباه إلى أن اليد لها وجهان وده وظهر
الوجه يطلق عليه الجهة الإنسية والظهر يطلق عليه
الجهة الوحشية.

قإذا اتبعت الجهة الإنسية فعليها مسارات الأعضاء
المجوفة والجهة الوحشية عليها مسارات الأعضاء

المصممة وكل مسار يقابله مسار المتلازمات التي سوف تذكر سوف تذكر لاحقا.

كانت المسارات تقع على الأصابع وان كنت بمسار مثلا مسار الرئة فهو يبدأ من الإبهام وتسير معه من داخل الذراع حتى الكتف وتمر إلى الصدر.

مسار القولون في الجهة الوحشية لليد انطلاقا من الإبهام.

مسار غشاء القلب في الجهة الإنسية لليد انطلاقا من الإصبع الوسطى.

مسار القلب في الجهة الإنسية انطلاقا من الإصبع الصغير

هنا يجب ذكر نقطة ألا وهي أن كل مسار يقابله نفس المسار من الجهة الأخرى.

أي أن مسار الرئة على اليد والذراع اليمنى يقابله نفس المسار على اليد والذراع اليسرى فكل أعضاء في جسم الإنسان هي مثنى ثنائيات لذا فالمسار يكون على اليمين وعلى الشمال في اليد والذراع من الجهة الإنسية والوجهة الوحشية.

ومسار آخر في الرجل اليمنى والرجل اليسرى وأيضا على الجهتين الوحشية التي هي بالخارج والإنسية التي هي بالداخل أي بجانب الرجل الأخرى.

أما مسار الرن والديو فهما في منتصف جسم الإنسان احدهما من الأمام، يبدأ من الشفة السفلة ونزولا والآخر، يبدأ ن الشفة العلوية وصعودا على جمجمة الرأس ونزولا من الخلف.

وقد كانت هناك نظرية عن المتلازمات وهي أن في جسم الإنسان أعضاء مصمتة وأخرى مجوفة لذا

فان كل عنصر مصمت له المتلازمة الخاصة به وهي مجوفة.

وانطلاقا من هذه النقطة فان كل مسار يعالج عضوين أي متلازمة أي عضو مصمت وآخر مجوف وهي على الترتيب كمتلازمات.

الأعضاء المصمتة

القلب الكبد الطحال الرئة الكلية وغشاء التأمور

الأعضاء المجوفة هي

الأمعاء الدقيقة المرارة المعدة والأمعاء الغليظة والمثانة

إذن فالمتلازمات هي:

القلب والأمعاء الدقيقة

الكبد والمرارة

الطحال والمعدة

الرئة والأمعاء الغليظة

الكلية والمثانة

غشاء التأمور

وقد كانت هناك ساعات بيولوجية خلال اليوم وكل ساعتان معروفتان هما خاصتان بمسار معين يفضل العلاج للعضو المعين في المسار الخاص في الساعة البيولوجية الخاصة فتكون الفائدة أقوى والنتيجة أفضل.

فمثلا من الساعة الخامسة فجرا وحتى الساعة السابعة صباحا هو الوقت المناسب للأمعاء الغليظة.

ومن الساعة السابعة حتى الساعة التاسعة هو وقت الخاص بالمعدة وهكذا.

سر الإبر الصينية العظيم

أما السر والذي لا يعرفه كل الناس ولا يعرفه كل الزبائن الذين كانوا يترددون على محل السيد يانع يان هو أن ذلك الرجل الحكيم قد كور مسارا لم يكن يعلم عليه أحد شيء.

إنه مسار خاص بسحب الطاقة وليس تعديلها

لقد اكتشف بأن يانغ ركز على خطة معينة لا يعرفها إلا هو وعالج أي مريض.

نعم أي مريض

فقد كان بالنسبة له أي مريض هو شخص صحيح ولكنه يعاني من خلل في توازن الطاقة لديه وهذا بالنسبة له أمر بسيط للغاية وكان يمكنه أن يعالج ذلك الخلل في فترة قصيرة لكي يعود الجسم إلى طبيعته وبعد ذلك يقوم هو باستغلال ذلك المريض.

حيث يقوم بالتركيز على مسار سحب الطاقة ويقوم بإجراء عدة جلسات له لكي يسحب اكبر قدر من الطاقة وبعد ذلك ويعد أن يغادر الزبون يعيد شخن تلك الطاقة في جسده وهذا كان سبب قوته وطاقته المستمرة وعمره الذي يقارب المئتا عاما.

لقد كانت لديه ابر ذهبية وهذه الإبر هي للاستعمال الخاص.

إنها ابر سحب الطاقة

لقد كان يقوم بغرزها في نقاط معينة ويسحب الطاقة من كل الأعضاء الحيوية.

وبعذ ذلك يغرزها في نفسه في نفس النقاط لكي تقوي نفس الأعضاء.

كما أنه كان يستعمل تلك الإبر مرارا وتكرارا ولم تكن مثل باقي الإبر الصيني التي لها استعمال واحد بل كان يعيد غسلها في مياه النهر التي كان قد عاد لها هي أيضا طاقتها ووضعها تحت النجوم لمدة سبعة أيام بداية الشهر وهي في الماء.

وبعد ذلك يجففها ويعرضها للقمر المكتمل ليلة كاملة فتصبح جاهزة للاستعمال من جديد.

لقد كان يسحب الطاقة من أجل نفسه ولكن الإبر مل تكن تضر الأشخاص إلا أن كل زبون كان يتخلص من مرض مزمن أو مرض قاتل بفضل ذلك الرجل

الحكيم ولكنه كان يعاني بعد ذلك من خمول طوال حياته.

ولم يكن الرجل الحكيم يعيد علاج ذلك الشخص لأنه يكون قد خلصه من المرض إلى الأبد وأيضا لا

يحتاجه هو لسحب المزيد من الطاقة فقد كان يسحب طاقة الحياة من كل شخص مرة واحدة.

لقد كان يسحب الطاقة وطاقة الحياة وأيضا عمرا أو أياما أو سنوات من أولئك الأشخاص ولكنه كان يخلصهم من الألم إلى الأبد ولم يكن يعتبر بأن خمولهم وتعبهم يعتبر شيئا مقارنة بالألم الذي كانوا يعانون منه أو احتمالية موتهم المبكر.

كان المسار مسار سحب الطاقة هو مسار يمر على أقوى النقاط في كل المسارات.

من النقاط المهمة التي يمر عليها ذلك المسار

في مسار الرئة 7Lu

في مسار القولون 11 Li

في مسار المسخن الثلاثي 5 Sj

في مسار غشاء القلب 3 Pc

في مسار القلب 1 ht – 3 Ht

وغيرها من النقاط في مختلف المسارات لقد كانت لديه خريطة وأيضا أي مسار مع أي مسار وكم من دقيقة بين غرز ابر مسار وبعدها عزر ابر في مسار أخر.

لقد كانت لديه خطة للعمل ولم يكن يعل بطريقة اعتباطية، فالأمر كان غاية في الأهمية وكان يجب

عليه أن يعرف كم الطاقة التي يسحبها لذا كان يركز في عمله بكل جوارحه.

بينما كان له توقيت معين تحافظ فيه الإبر الصينية على الطاقة التي تحملها وتزول بعد ذلك أن تتشوه.

كما انه كانت لديه ساعة معينة لإعادة شحن جسده بالطاقة التي كان يسحبها فهم يدعها تتبلور في الإبر حتى تصبح جاهز لتشحن جسما لم تكن فيه.

الساحرة

الحارسة

السارحة

المرأة الساحرة

في منطقة جبلية كانت تعيش امرأة ساحرة وكان سحرها يفيد الناس كثيرا.

لقد كانت تمتلك سحرا علاجيا وتقوم بتقديم العلاج للمرضى الذين تعدوا عليها ولم يكن أي منهم في حاجة لطبيب أو البحث عن علاج مادامت الساحرة تعيش هناك.

لقد كانت العلاج والأمل

وفي يوم قرر اشترى رجل قطعة ارض في ذلك

الجبل والذي يرى بأنه جيد لكي يقيم عليه منحلة لأنه كانت هناك أنواع من الأزهار والأشجار التي سوف تساعد النحل على إنتاج نوع جيد ومفيد ومعالج من العسل.

وبالفعل مرت الأيام وأقيمت تلك المنحلة والتي كانت منتجة لعسل النحل بكميات كبيرة.

استفاد ذلك الرجل من تلك المنحلة والتي كان عسلها مطلوبا جدا في الأسواق لأنه يعالج العديد من الأمراض .

وفي يوم توقف الناس عن شراء ذلك العسل فغضب الرجل كثيرا.

وراح يستفسر عن السبب وراء ما حصل، فوجد بأن الناس رأوا من ذلك العسل له مفعول مؤقت فهو يعالجهم من الأعراض لمدة من الزمن ثم تعود الأعراض من جديد.

بينما لا يختفي المرض بتاتا وقد سمع الناس القريبون من تلك المنطقة بأن لعسل يأتي من ذلك الجبل الذي تعيش عليه المعالجة العجوز.

فقرروا أن يتوجهوا إليها بدل شراء العسل وقد اكتسبت هي شهرة نسبة لمنطقة العسل.

عندما سمع الرجل بذلك اعتقد بأنها قد سحبت زبائنه واكتسبت مالا من وراءه هو.

وعندما بحث عن أمر العجوز وجد بأنها ساحرة ولكنها معالجة وليست مشعوذة ولكنه قد انتابه الشك في أمرها.

كان يفكر في أنها قد ألقت تعويذوة ما لكي تستفيد من العسل الذي كان يبيعه وأصبحت هي اصدق بالنسبة للناس.

كان غاضب جدا وأراد أن ينتقم منها، فكر في
وسيلة لفعل ذلك ولكنه لم يكن ليقتلها ففكر في أن
يحاربها بمثل سلاحها.

اللجوء إلى مشعوذ

لجأ إلى أحد المشعوذين في جبل آخر وقد كان رجل طاعن في السن وقد تجاوز عمره المائة والعشرون سنة وهو معمر ومعالج ويجيد كل أنواع السحر.

أخبر الرجل الساحر بكل ما يعرفه عن المرأة وبما حدث معه.

سأله الساحر:

لقد فهمت القصة فما الذي تريده أنت؟

الرجل :

أريد أن استعيد زبائني

الساحر:

هذا فقط؟

وهل أنت متأكد ن أنهم زبائنك في الأصل؟

الرجل:

وأريد أن أتخلص من تلك العجوز.

الساحر:

هذا فقط؟

الرجل:

لا أدري

الساحر:

يجب أن تخبرني بالذي تريد بالضبط

الرجل:

أريد أن تختفي تلك العجوز وأيضا أريد أن استفيد من اختفائها.

الساحر:

فكر قليلا ثم اخبرني بنتيجة تفكيرك

خذ وقتك الكافي للتفكير

فكر الرجل ثم قال للساحر:

لقد فكر ووجدت ما الذي أريد بالضبط

الساحر:

وما هو بالضبط فلتكن مختصرا لكلامك ومسرعا

الرجل:

نعم طبعا طبعا

الساحر:

هيا اخبرني بزبدة تفكيرك

الرجل:

أريد أن اجعل تلك العجوز بمثابة الخادمة عندي وأريدها أن تختفي من الوجود في نظر الناس ولكن ليس بموت بل أريدها سجينة عندي.

وأريد أن امتلك قواها العلاجية ولتصبح في النحل الذي هو عندي في المنحلة التي بقرب بيتها.

أريد النحل والمنحلة أن تصبح لهم قوى علاجية كبيرة ولنستخلصها من تلك العجوز الساحرة.

الساحر:

حسنا فليكن ذلك

قبل أن يغادر الرجل بيت الساحر قال له الساحر أمرا مهما وكان حريصا عليه.

قال الساحر:

اسمع عندما تعلم بوجود صندوق نحل في تلك المنطقة فكن أول من يشتريه ادفع فيه كلما تملك ولا تهتم

الرجل:

ادفع كلما أملك في صندوق نحل؟

الساحر:

أجل

الرجل:

ولكن لدي الكثير من تلك الصناديق

الساحر:

افعل ما قلت لك

الرجل:

حسنا

الساحر:

ادفع كلما تملك إن اضطررت ولكن لا تدع أحدا آخر يحصل على ذلك الصندوق.

الرجل:

ولكن لما؟

الساحر:

لا تهتم بكثير الكلام وافعل فقد ما قلته لك وحافظ على ذلك الصندوق بحياتك ولا تبعه ولا تعطيه لأي أحد.

إنه بمثابة الكنز بالنسبة لك.

وفيه سر كل تلك العجوز وسو تجد طرقا أخرى لكي
تستفيد من النحل في العلاج

الرجل:

كل هذا في صندوق واحد.

الساحر:

بمجرد وصولك الى بلادك ضع الكثير من العيون لك
على تلك المنطقة وفور سماعك بالصندوق قم بإغراء
صاحبه لكي تحصل عليه.

الرجل:

حسنا

الساحر:

ولا تضع ذلك الصندوق مع باقي الصناديق لكي لا يضيع منك وضع عينك عليه لأن فيه السر العظيم.

الرجل:

وما هو السر الذي في؟

الساحر:

إن فيه نحلة تختلف عن كل النحل

الرجل:

أنت تقصد الملكة لأن في كل صندوق مملكة ولك مملكة فيها نحلة مهمة وهي الملكة.

الساحر:

لا ليست تلك

أنا لست اقصد تلك النحلة

الرجل:

ماذا تقصد إذن؟

الساحر:

في ذلك الصندوق نحلة حارسة وهي بمواصفات مختلفة لها فور بنفسجي على ظهرها وهي نحلة مسنة.

الرجل:

نحلة حارسة ومهمة إلى هذه الدرجة

الساحر:

أجل إنها مسنة ولكنها معمرة ومن الأفضل ألا يصيبها مكروه حافظ عليها بحياتك.

لكي تنمو تجارتك وتزدهر

الرجل:

أنا لست افهم لما هي مهمة لهذه الدرجة فالنحلة الحارسة دورها أن تراقب الصندوق.

الساحر:

كما أنها تسرح في الحقول

الرجل:

إنها إذن حارسة سارحة مهمة للغاية

الساحر:

بل هي ساحرة حارسة سارحة

الرجل:

هل تقصد.....

وقبل أن يكمل جملته قاطعه الساحر وإذن له بالانصراف وقال:

يمكنك الانصراف الآن، واعتني بنحلتك لكي تعني هي بتجارتك.

النحلة العجوز

غادر الرجل وهو يشعر أن قد قضى على تلك العجوز التي أرقت نومه لليالي عديدة وقد جعلت تجارته تتوقف.

كان الساحر قد قام الساحر بإلقاء تعويذة على العجوز التي اختفت ولم يجد لها الناس أثرا، ولكنهم وجدوا صندوق نحل في بيتها.

عندما سمع الرجل التاجر بما حدث فهم ما يحدث وسارع لشراء بيت العجوز وليس فقط صندوق النحل

ولكنه كان متلهفا لرؤية الصندوق وأيضا النحلة التي سمع عنها الكثير.

وبعد أن اشترى البيت جاء إلى تلك المنطقة لكي يرى النحلة والصندوق.

ولكنه أعجب بطبيعة الجبل وهو قد اشترى في السابق قطعة الأرض على الجبل ولكنه لم يزر المكان وكانت هذه أول مرة يأتي إلى هنا.

أمر بعض العمال بأن يهدموا بيت العجوز وان يبنوا له قصرا هناك وقد كان البيت على مساحة كبيرة من الأرض كانت كلها للعجوز التي اختفت.

وقطن هناك لكي تكون النحلة وصندوقها قريبا من منحلته الخاصة ولم يمر وقت كبير حتى اكتشف صناعه وعماله بأنهم قد وجدوا علاجا لأمراض باستعمال ما أطلقوا عليها تقنية لسع النحل أو سم النحل.

فقد خلقت تلك الطريقة صدفة من باب التجربة حيث تعرض الرجل الذي اشترى البيت للسعة من تلك النحلة بالذات ولأنه قد أوصاه الساحر بالحفاظ عليها فهو لم يحرك ساكنا عندما اقتربت منه ولسعته في ركبته.

لعنها واعتقد بأنها تعرف الحقيقة وتنتقم منه ولكنه لاحظ فيما بعد بأنه قد تخلص من الألم الذي كان في ركبته لسنوات عديدة.

بعد تلك الحادثة تعرض مريض آخر وهو أحد العمال في المنحلة للسع من طرف تلك النحلة العجوز فشفي ومن يومها توالت الحوادث حتى اقتنعوا بأن في لسع تلك النحلة بالذات وباقي النحل علاج لكثير من الأمراض.

وهكذا ازدهرت تجارة الرجل أكثر وأكثر وأصبح بفض الساحرة الحارسة السارحة من أثرى اثريا البلاد بفضل النحل والعسل وتقنية اللسع بالنحل.

التدليك

تشوي واليدان العجيبتان

كان يا ما كان في قديم الزمان كان العجوز تشوي معروفا عبر بقاع العالم لأن كان معالجا جيدا.

فقد كان كل من يزوره من أي مكان من العالم وان كان يعاني من أي الم في أي عضو من جسمه يشعر بأنه أصبح أفضل بمجرد زبائنه.

فقد كان العجوز تشوي يدلك ويداوي ويخلص الناس من الأمراض عن طريق التلديك.

كما أنه كان غنيا جدا لأن المرضى الذين يزورونه كانوا يأخذون معهم الهدايا له، وقد كان يعيش في بيت كبير جدا في بلدة غريبة.

وقد كان على المريض أن يقدم الهدايا ويضعها في مكان أسفل الجبل الذي كانت على قمته غرفة يسميها العجوز غرفة التدليك، وهذا ما يجعل أي مريض يذهب إليه يتعب كثيرا ويعاني من مشقة صعود ذلك الجبل وصولا إلى غرفة التدليك الخاصة بالعجوز.

لكن الجبل لم يكن مرتفعا كثيرا لكن صعوده كان بمثابة امتحان على قدرة تحمل العلاج، فالتدليك لم يكن سهلا.

كان العجوز تشوي يعيش في ذلك المكان بعيدا عن المدينة وكان يضع سورا ولا يسمح لغير المريض بالدخول وكان المكان محرم على الأصحاء، ولكنه حقا ممنوع.

يونغ وألم الظهر المزمن

الشاب يونغ وهو شاب متجول ولا بيت له بل يحب أن يتجول عبر المدن والقرى ولا يحب الاستقرار، ولم يكن يعرف المدينة التي يعيش فيها العجوز تشوي.

ولكنه قد سمع عن العجوز تشوي كثيرا، وسمع الكثير من الأخبار الجيدة عن التدليك الذي يقوم به وكيف انه يخلص الكثيرين من الآلام بطريقته السحرية ويديه التي تحمل الشفاء للناس.

قرر الشاب يونغ أن يزور العجوز تشوي لأنه كان يعاني من الآلام في الظهر ومنذ مدة.

ولأن الشاب يونغ قد أصبح يجد صعوبة في امتطاء حصانه لذا قرر أن يبحث عن علاج حقيقي يخلصه من تلك الآلام.

لم يكن الشاب تشوي يمتلك مالا ولا أي شي ذا قيمة يقدمه للعجوز تشوي مقابل العلاج ولكن كان عليه ومن باب الضرورة أن يقدم أي شيء، وبعد تفكير قرر أن يقدم حصانه للعجوز مقابل أن يشفى.

اللجوء للسيد تشوي

توجه الشاب يون غالى هذا العجوز على أمل الشفاء، وعندما وصل وجد بوابة كبيرة فطرق الباب وقد كان في مكان منعزل ولا أثر لأي بشر هناك، إلا حارس يسأل الناس عن غايتهم من طرق البوابة وقال:

من أنت يا هذا؟

الشاب:

أنا يونغ المتجول

الحارس:

وما حاجتك؟

الشاب:

اطلب الشفاء

الحارس:

وما علتك؟

الشاب:

أعاني من الم في الظهر

الحارس:

وما الذي أحضرته لأجل العلاج

الشاب:

لدي حصان وسوف أقدمه للمعالج تشوي مقابل الشفاء والتخلص من هذا الألم الرهيب، والذي لم أعد أتحمل العيش معه.

الحارس:

حسنا تفضل بالدخول.

سكان المدينة

تفاجأ الشاب يونغ بأن سكان المدينة أو من كان خلف السور كلهم أشخاص قصيرون وبنفس الطول، فتمالك نفسه وقد كان ينفجر من الضحك.

لقد كان يرى بأن المضحك هو كونهم جميعا بنفس القامة ولا يزيد أحدهم انشا عن الأخر، وهم كثيرون.

لكنه تفاجأ بهم ينفجرون بالضحك عليه هو فور دخوله من البوابة وأصبح بينهم.

فقال في نفسه:

يا لهم من قوم مضحكين

لما عساهم يضحكون؟

من المفروض أنني أنا من انفجرت بالضحك لكونهم يشبهون بعضهم وبنفس القامة جميعا وكأنهم يقاسون بالمسطرة لكي لا يطول أو يقصر احدهم.

بعد ذلك شعر بالانزعاج من ضحكهم عليه فمشى وتركهم، تابع طرقه لأنه جاء من أجل طلب العلاج وليس من أجل أن يسر من أحد أو يسخر منه أحد.

توجه الشاب يون غالى الجبل مباشرة فطلب منه أن يترك الهدية أسفل الجبل، وان يصعد الجبل دون تراجع وان يتحمل المشقة ويحس بالهدوء والطمأنينة.

وعليه أن لا يجلس لكي يرتاح بل يجب أن يواصل سيره مهما يكن وإلا سوف يرمى به خارجا ولن يحصل على العلاج.

كان يونغ شابا شجاعا قويا مقداما، ويحب التحدي لولا الألم ظهره.

فتقدم من أجل الصعود ولم يكن ليتراجع أبدا بل كان مصرا على الوصول وعلى تلقي العلاج.

بمجرد أن وصل إلى غرفة التدليك على قمة الجبل فتح باب الغرفة أمامه وطلب منه أن ينزع ملابسه عند الباب وان يدخل في حوض الزيت.

وبعد تلك الخطوة كان يتوجب عليه أن يتوجه إلى طاولة التدليك.

فعل الشاب يونغ كلما طلب منه وبالحرف الواحد وبدون نقاش.

بعد ذلك جاء العجوز تشوي الذي لم يكن يظهر
في الغرفة بل هو فقط صوته ما كان مسموعا وهو
يعطي التوجيهات للشاب تشوي.

أمل الشفاء

بدأ العجوز تشوي عمله فراح يضرب جسد الشاب تشوي وكأنه يضرب عجينة، وقال له:

لن أتركك حتى يختفي الألم تماما.

ولكن الشاب يونغ كان يصرخ ويصرخ من الضرب ومن الألم والعجوز يضرب ويضرب باستمرار دون أن يستمع لأنات وصرخات ذلك الشاب.

فكان العجوز تشوي يرفع جسد الشاب إلى الأعلى

ثم يرميه على الطاولة دون رحمة، حتى اختفى الألم نهائيا.

وهكذا أصبح الشاب يشعر بتحسن غريب وإحساسا مريح وراحة تنبع من كل جزء من جسده.

بعد ذلك توجه الشاب إلى العجوز تشوي بالشكر الجزيل والثناء على عمله وانه لا يصدق أن خلصه من ذلك الألم الذي كان لا يطيقه ولا يستطيع أن يفكر في انه من الممكن أن يلازمه بقية حياته أو ربما يقضي عليه يوما ما.

فقال له الشيخ جملة واحدة:

إن أردت البقاء في هذه المدينة داخل السور فلك ذلك.

أجابه الشاب دون تفكير وقال:

أقبل.. أقبل

خرج الشاب من الغرفة وهو بصحة جيدة ولكنه خرج بنفس طول أولئك الرجال الذين وجده في بداية الأمر

سكان المدينة

لقد كان بنفس طولهم ولم يعد بطوله الطبيعي

وهذا التغيير الذي طرأ عليه جعله يبقى في تلك المدينة لكي لا يتعرض للسخرية من أي احد.

فقد كان يعلم بأنه سوف يسخر منه الآخرون فهو كان سيسخر من سكان المدينة أول ما دخل ورآهم وكان يعلم بأن الناس سوف يعاملونه بنفس الطريقة التي كان يعامل بها غيره.

وكان يعلم بأن للناس نفس طريقة تفكيره التي كانت لديه، ولكن لم يهتم لأنه أصبح بصحة جيدة وقوة غربة لذا أراد البقاء واكتفى بذلك الطول الجديد والذي اكتسبه من التدليك.

دودة العلق

روني البدين

كان يا ما كان في قديم الزمان يحكى أنه كان

كان هناك رجل ضخم جدا اسمه روني ويلقب
بروني البدين

كان روني البدين يعيش في قرية في قرية وقد سئم
العيش هناك لأنه يتعرض للكثير من المضايقات، فقد
كان كل السكان يسخرون منه وذلك لكونه بدين جدا.

وقد كان يأكل كثيرا، ويتناول كميات كبيرة من الطعام، فقد كانت له شهية مفتوحة لتناول الطعام على الدوام.

مرض روني

كان روني البدين كلما اشتم رائحة طعام، توجه مباشرة إلى ذلك البيت الذي تتبعث منه الرائحة، فيطرق النافذة ويبقى جالسا في الخارج في انتظار الطعام، وبعد ذلك تخرج له سيدة البيت صحنا من الطعام وقد تعود على هذا الأمر وكذلك كل الناس تعودوا عليه.

ولكن في يوم من الأيام، أصبح يحس بألم في ركبتيه، قد يكون ذلك بسبب ذلك البدانة التي يعاني منها، وهذا

ما جعله يعرض عن الأكل، فانعكس الأمر على
صحته.

استغرب أهل البلدة لماذا لم يَعد روني البدين يقصدهم
إلى بيوتهم لأخذ نصيبه من الطعام، خاصة وأنهم
أصبحوا يجعلون له جزء في كل وجبة، أو كيكة أو أي
طعام يطهى.

بحيرة الصدق والندم

سمع أطفال البلدة حديث أهاليهم، فندموا على كل تلك المضايقات التي كان يتعرض لها روني بسببهم، فاجتمع الأولاد وخرجوا من القرية، وتوجهوا إلى بحيرة كانوا قد تعودوا أن يقصدوها من اجل اللعب.

وقد كانت البحيرة مكانا جيدا للعب وخاصة أنها تحيط بها بعض الأشجار والبحيرة لم تكن عميقة ولا خطر عليهم، ولكنها كانت تشبه المستنقع.

جلس الأطفال قرب البحيرة الصغيرة وأرادوا أن يعترفوا بكل أخطائهم للبحيرة لكي يعبروا عن ندمهم

وتوبتهم من الأخطاء التي ارتكبوها في حق روني البدين المسكين.

فقال أحدهم يدعى تومي:

أنا في الحقيقة آسف جدا فقد كنت أتضايق كثيرا عندما يطرق روني البدين نافذة بيتنا عندما يحين موعد كل وجبة وكأنه يعلم بان والدتي قد حضرت الطعام في تلك اللحظة بالذات.

ففي كثير من المرات كنت أخاف من أن يسلبني قطعتي من الطعام أو نصيبي

أنا آسف جدا من اجل روني البدين

أما الطفل جيمي فقال:

أنا في الحقيقة يا أصدقائي آسف أيضا

أنا آسف جدا من اجل روني البدين

لم أكن اعرف بأنني أحبه

لقد كنت أتضايق كثيرا من شكله ومن تواجده حولنا

وقد كنت اكره الطعام بسببه

أنا لم أكن أريد أن أصبح مثله وقد كنت أخاف أن
أصبح مثله في يوم من الأيام وكأن ما به سيعديني به،
وكأن به مرض معدي.

وهذا كان السبب في أنني كنت اكرهه واسخر منه على
الدوام.

وقال الطفل داني:

في الحقيقة أنا آسف جدا أيضا وأسفي لا يقل على
آسف أي منكم

أنا آسف من اجل روني البدين

لقد كرهته عندما ماتت آمه، فبدل أن يحزن على فراقه
رأيته منكبا على الطعام ويتناول كميات كبيرة وهو
جالس في المطبخ لوحده، ولم يذرف دمعة من اجلها،

اعتقد بأنه لم يكن لديه إحساس ولا شعور بالحزن ولا بالحب ولا بألم الفراق.

وهكذا كان هذا هو السبب في أنني كنت اسخر منه، لقد كنت اسخر منه لعلي أوقظ إحساسه الميت.

لقد كان روني البدين بالنسبة لي شخص عديم الإحساس.

وقال روكي الصغير:

يا أصدقائي أنا آسف من اجل روني البدين وأنا اعتذر منه أمام هذه البحيرة التي تشهد على صداقتنا منذ أن كنا أطفالا صغارا

أنا كنت اسخر من روني البدين دائما، وكنت أتمنى أن يرد علينا أو يسخر في وجه احدنا أو يضربنا أو حتى أن ينظر لنا نظرة حقد ولكنه لم يكن يفعل أيا من ذلك.

لقد كان روني البدين طيبا جدا، وكان مسكينا ووحيدا

أنا أسف جدا من اجله

أكمل الأطفال الاعتراف أمام البحيرة وكانوا صادقين جدا في اعترافاتهم التي خرجت من أعماق كل منهم.

فنزلت دموعهم في البحيرة وما إن نزلت الدموع على سطح تلك البحيرة حتى تحركت مياه البحيرة فتراجع الأطفال إلى الخلف وهم مستغربون.

بعد قليل هدأت مياه البحيرة وكلمتهم البحيرة وقالت لهم:

يا أطفال أنا أشكركم كثيرا على صدقكم وعلى الدواء الذي ساعد هذه البحيرة التي كانت ستهلك

لقد كانت البحيرة مريضة وقد شفيت بتلك الدموع التي تحمل الصدق وسوف أساعدكم بإنقاذ حياة صديقكم روني.

استغرب الأطفال كلام البحيرة فكيف أنها يمكنها أن تكلمهم

أما بالنسبة لتومي فقد نطق وقال:

كيف ستفعلين ذلك أيتها البحيرة؟

فقالت له البحيرة:

أنت طفل شجاع تقدم لتعرف كيف

تقدم تومي فقالت له:

اغطس يدك في الماء وسوف تجد الدواء

استغرب تومي قليلا ثم تقدم ومد يده دون خوف أو
تردد وأخرج من البحيرة دودة علق

استغرب ما كان في يده ولكنه لم يكن يشعر بالخوف

فقالت له البحيرة:

خذ دودة العلق هذه وضعها على ركبة روني البدين
وعليه أن لا يتحرك أبدا وسوف يشفى بعد ذلك

وإن أردتم المزيد فاغطسوا أيديكم في البحيرة وخذوا
ما تريدون من دود العلق المعالج

المفاجأة الكبرى

فرح الأطفال وقرروا أن يأخذوا الطعام من بيوتهم وان يذهبوا إلى روني لكي يقذوا ليلتهم معه

فعل الأطفال ما فكروا فيه واستأذنوا أهاليهم لقضاء الليلة في بيت روني واخذوا طعامهم معهم

ولكن الأطفال فكروا في أن يضعوا دودة العلق على ركبة روني البدين خلسة ودون أن يخبرون بأمرها

وذلك لكي لا يتحرك لأن البحيرة قد طلبت منهم أن لا يتحرك بينما دودة العلق على ركبته

لقد فكرا في أن يشغلوه بالحديث معهم والطعام حتى تعالجه دودة العلق.

بالفعل نجح الأطفال في المهمة الكبيرة التي كانوا بصدد تنفيذها.

في الصباح استيقظ جيمي ليجد دودة العلق على الأرض ميتة ولكن لم يجد روني في فراشه.

فقال:

لقد أكلت دودة العق روني البدين

ماذا حصل؟

أين اختفى؟

أم أنه هو من قتلها يا ترى؟

وبينما الأطفال يناقشون الأمر بينهم ويتساءلون عما حدث حتى دخل عليهم من باب البيت شاب وسيم مفتول العضلات وقال لهم:

شكرا لكم يا أطفال

أنا روني لقد تعافيت واشعر بأنني أفضل حالا

شكرا لكم لن أنسى لكم هذا المعروف

استغرب الأطفال ولكنهم عرفوا بأنهم قد نجحوا في مهمتهم التي كانوا يريدون تنفيذها بكل إصرار

منذ ذلك اليوم ما إن اشتكى احد في القرية من مرض إلا وذهب الأطفال إلى البحيرة واحضروا له دودة العلق فشفي من يومه.

Sommaire